詩集

それぞれ願

鎮西貴信

土曜美術社出版販売

詩集　それぞれ願《ねがい》＊目次

第一部　パッチワーク（くるりむぱ）

第二部　ことばが跳ねる

詩集　それぞれ願《ねがい》

第一部　パッチワーク（くるりむぱ）

足掻《あが》く

どうしても進まない
気が急く　こころが焦る
ああでもない　こうでもない
むずかしい　でもやらねば
堂々巡りが続く

飽　く

嫌になる鼻につく
毎日毎日カレーライス
同じ場面に同じダジャレ
爆笑が失笑・苦笑に
最後に来る　無反応

浮　く

動静に合わせられない
先走りか置いてけぼり

とにかく軽い
それでいいのだ
流れは泥水

置　く

いつまでも持っていられない
重たいわけではないが
その考えは壮大すぎる
億の金を稼ぐなんて
いったん忘れよう

砕　く

要らないもの
ライバルの夢
困ったときの貯金箱
怒髪天を衝《つ》いたときの持ち物
ひたすらあの人のために

咲　く

合格おめでとう
今一番輝いている
油断するなよ
風雨に耐えて
かんたんに散るなよ

裁　く

ふたつの価値に白黒つける
罪状があるわけではない
刑が科せられるわけもない
それでも人を裁いている
素人裁判官は好みと感情

泣　く

涙を流すのは
浄化作用あるから

哀しみ深いと
涙は出ない
ただ沈んでいく

吐く

白状しなさい
やったのかやらないのか
好きなのか嫌いなのか
心に溜《た》めたもやもや
口から出すとスッキリする

巻く

都合がわるくなると
煙が出てくる
相手がすごいと
口が動かない
尻尾《しっぽ》を見せたくない

焼く
やるだけやった
さんざん燃えてきた
もう何もしたくない
社会か本人の性格か
焼け跡に佇《たたず》む

煽《あお》る
団扇《うちわ》を動かす
風よ吹け　涼よ来い
燃えあがれ炎
イケイケ　いいぞいいぞ
盛り上げるムードメーカー

憤る
不幸や不正
悪や暴力

狡猾《こうかつ》な裏切りや出し抜き
不条理に対する有りよう
噴火する前のマグマ

落ちる

選抜試験は扉の手前
怒った先生の雷
果実は熟して親元を離れる
燃え尽きない流れ星
お話の最後　みんな納得

踊　る

音楽とともに動くかたち
音がないと　人が関与
不思議な調べが人を動かす
本人は気づいていない
思いがけない嬉《うれ》しいこと

折　る

祈っている千羽鶴
骨はつらくて大変
花が咲かない枝
志半ばで方向転換
夢のお菓子が詰まった箱

蹴　る

怒りの行動か
寂しさ悔しさの表現か
申し込み多いと大半は断る
サッカーやラグビーの球は
空間に弧を描く

捨てる

灯の消えた志
褪《あ》せてきた想い

時代遅れの道具
合わない性格
使い切った　ありがとう

散る

命の中継ぎ役　花が
大災害近づく　人が
悲劇の現場　血が
集会の後　人が
静かにしてちょうだい　気が

盗《と》る

自分のものにする他人の知識
上品な言い換えは学ぶ
走って次の塁に
ほぼ同じ文章
被害発生で犯罪に

逃げる

見たくない会いたくない
苦労したくない
恥をかきたくない
後ろから近づく怖い人
痛い思い　メスと注射

走　る

雨が降り始める
数少ない座席
あいつに負けたくない
乗り遅れそう
かるく健康のため

明　り

なぜ隠すのかわからない
短所で欠点で醜いと思う

自分の心が暗すぎる
個性的で純真な自分
外に出て歩き回ろう

焦り

明日は試験だたいへんだ
毎度のことだが今日は徹夜
もちろん昼間にぐっすり寝てる
怠惰な生活のつけがくる
人生に必要なアクセント

辺り

アバウトだが間違いない
点ではなく面で表現
核心に達する確信はない
曖昧だがわかってはいる
ひとつの人生

怒　り
煽《あお》りに幅寄せ
危険な運転
外の景色は平穏だが
車の中で　勝手に炎上
危険が見えなくなる恐怖

彩　り
華やかな色と照明
多様な模様が人を惑わす
明るさのなかに暗色の紋
具材豊富な幕の内弁当
味も香りも色も形も食欲も

翳《かげ》　り
人気が横ばい
本人がわるいわけではない

頭脳も体力もしっかりしてるが
後からどんどん出てくる
人間は鮮度の良さを好むもの

盛　り

何事も順調にいっている
精力気力ともに充実
今がクライマックス
ということはすぐに下り坂
心身の若さを保つ努力を

悟　り

これ以上何も欲しくない
凡《すべ》てわかってしまった
持っているからといって
何の得にもならない
むしろ手かせ足かせ

眠り

目覚めると　始まり
苛立《いらだ》ちか焦燥か義務感か
ストレスのない世界に行きたい
ああ終わった　疲れた
ほんわか沈む布団のなか

残り

十分生きてきた
後は付録みたいなもの
この付録がおもしろい
何が飛び出すかわからない
苦痛が出なければ何でもＯＫ

誇り

何十年も無事に生きてきた
思えば素敵な女房だ

うその数は平均より少ない
遠い親戚にノーベル賞科学者
わたしは詩人だ

赤らむ

怒りをぐぐっと堪《こら》えている
素敵なあの人に遇った瞬間
生き恥を晒《さら》したあの時
息を止めてくぅーっと集中
わたしは詩人だ

崇《あが》む

無償で教えてくれる人
絶対まねできない技量
頂点に立つ人たち
大宇宙　生命　ミクロの世界
涯《はて》しなく遠い知の長城

編　む

文章まとめて　世間に晒す
混乱した頭の中
横の糸　縦の糸
錯綜《さくそう》した各種の糸が
徐々にかたちを成していく

噛《か》　む

悔やんでも無駄だ
臍《ほぞ》には届かない
歯を上下に動かす
何か咥《くわ》えておかないと
話が空回り

刻　む

鮮明に遺《のこ》したい不幸
みんなに知らせたい栄誉

その話　ずっと胸にしまっておく
ネギもショウガもニンニクも
時間だけが過ぎていく

軋《きし》む
微妙な意見の相違
目的は同じだが方向性がちがう
好みは逆だが離れられない
泥棒の嫌がる音が出る
錆《さ》びた社会に必要な潤滑油

蔑《さげす》む
周囲は不快だが
本人は気づいていない
あんなことする人大嫌い
空気を読んでるみんなを
黙って見ている

白む

カラスが一声　夜明け前
静かな世界が動き出す
新聞配達　バイクの音
場違いな発言・行動
愚痴か自慢か他人《ひと》の悪口

摑《つか》む

時は止まり
ハートは膨らむ
夢は扉を開き
想いは輝く
傷は悲鳴を上げる

弾む

心が躍る胸が騒ぐ
もうすぐあの人に会える

風のない冬の晴天
スキップしながら歩く
苦労の末の檜舞台《ひのきぶたい》

孕《はら》む

生理学的自然現象
小さな生命と思考が宿り
かたちを成していく
見た目大変そう
その分　幸せも

一派

私はどこにも所属していない
と主張する人たち
人間はとにかく括《くく》られる
多数存在しているかぎり
必ず何かで仕分けされる

合羽《かっぱ》（河童）

川で屁《へ》を放《ひ》って
批判の礫《つぶて》を躱《かわ》す
見られたくないものを隠す
夏は蒸し風呂にもなる
雨に濡《ぬ》れず汗に濡れる

寒波

シベリア方面から押し寄せる
地球の裏側では熱波
想像する余裕はない
乗りこなすサーファーになりたいが
痺《しび》れて悴《かじか》んで凍えて動けない

小《こ》童《わっぱ》

あの子きちんと挨拶するね
受け答えが上手すぎる

敬語の使い方は子どもじゃない
でき過ぎた子どもだね
かわいくないんだよな　そこが

突　破

高い難関を乗り越える
壁の向こうは謎だらけ
一か八かの体当たり
傷を負っても安らぎが
安らぎの里にも壁が

難　破

時代の荒波に流されて
おおきな会社で座礁する
身動き取れず数十年
新たな高波で動き出す
目的の港は依然不明

軟　派

ねえねえ　彼女
どこかで会ったことあるよね
その笑った顔
確かに見覚えある
夢の中で見たあの顔だ

発　破

元気出しなさいよ
ぱっと派手に体を動かす
つらいこと悲しいこと
元気の爆弾で吹っ飛ばせ
ドッカーン　ほらね

蓮《はす》っ葉

真面目すぎる人ぜったい嫌
あたしの好きにさせてくれなくっちゃ

誰でも楽しく生きたいよね
生活の質なんて誰が決めるのよ
ねえ　おもしろいことしよう

半　端

胸にストンと落ちるものがない
どうしようと迷いつづける
自信喪失で　おずおず生きる
隅のほうでおとなしくしている
いいのだそれで　神は細部に宿る

立　派

はい　はい　君はえらいよ
ええ　ええ　あなたはすごいよ
皮肉を言う人はえらくもすごくもないが
いちおう普通の人
なかには何も言わない人がいる

第二部　ことばが跳ねる

夜がにじり寄る

1

夜がにじり寄る
寄る辺ない日々
そっと頼る
闇に偏《かたよ》る紙を縒《よ》る

2

霧にはっきり切り裂かれ
きりきり舞いする　キリシタン
きりがない切り捨てに
いきりたつ　きりたんぽ

3

冬に浮遊する
富裕層

富有柿食う姿
不愉快

4
春は遥《はる》か遠く
春を引っ張る
写真を壁に貼る
と言い張る

5
夏を懐かしむな
ナツメヤシが
七つのナッツに
言い放つ

6
秋は明らかに
白亜紀から続く

遊びに飽きて
客席に空きが出る

7

啼《な》く鳥がなく
無視されて虫も鳴かず
家族も友もなく
一人寂しく泣く

8

起草を競う
基礎が足りぬと
起訴する人
来そう

9

上ばかり植え
そのうえ田植え

土地の上に
飢えがくる

10

下の死体は
詩体であると
変な姿態で
舌が知ったかぶり

11

気体を飛ぶ機体の中で
希代の構想を期待するが
鬼胎が敵対して撃退される
奇態は無理だ早く着きたい

ハイブリッド《hybrid》・ポエム《poem》

1

清潔にしニート《neat》病気になる人イル《ill》よ
大虐殺なんてマサカー《massacre》
地球のアース《earth》はドーナルド・トランプ

2

いじめてる人トーメント《torment》
クマがデンジャー《danger》　危険だベア《bear》
自由なフリー《free》して試しトライ《try》

3

近くにいてニヤー《near》と笑う人
西より東がイースト《east》言いながら
こっちに行こうと南をサウス《south》

4

すぐにフォールト《fault》ころがユーの欠点
ミーは動物園でズー《zoo》と
立って我慢スタンド《stand》

5

退屈だとボー《bore》と生きてんじゃないよ
はっきりすっきりさせてクリアー《clear》
アート《art》心ときメイク《make》芸術作ってね

6

散らかったものはスカター《scatter》ない
きれいにしてクリーン《clean》しゃい
終わったか　それでエーンド《end》

7

銃は持っていないとガン《gun》と言い張る
剣のこと知っているノウ《know》と聞くと

ソード《sword》にお任せするだと

8

書斎で勉強スタディ《study》
見せたかったでショー《show》
無視する傾向に黙っトレンド《trend》

9

鶴さんが何もクレーン《crane》ので
烏《からす》さんはクロウ《crow》するのう
燕《つばめ》さんがとりあえずスワロー《swallow》と提案

10

餌を食べイト《bait》　ポチに言うと
魚用でも食べてイート《eat》と
吠《ほ》えた後バーク《bark》バーク喰《く》いはじめる

11

鋼《はがね》を盗んだ奴《やつ》がまだ逃走スティール《steel steal》
逮捕の方法アレスト《arrest》　ドゥ《do》にかする
捕まえると　キャッチ《catch》叫んどった

桃がピーチ

桃がピーチ《peach》と落ちて
石にストーン《stone》とぶつかりました
猫さんがキャット《cat》叫んだので
鼠《ねずみ》さんは　いラット《rat》して逃げマウス《mouse》
豚さんはピッグ《pig》りしてしまい
尾っぽで犬さんをヒット《hit》殴っテイル《tail》のでした
鶏《にわとり》さんが何だかヘン《hen》だとシー《see》と見ていると
犬さんの額からドッグ《dog》ドッグと
血が流れ　ブラッド《blood》垂れ下がっていました
それを見たおばさんと蟻《あり》さんがアント《aunt ant》
口を開けマウス《mouth》

傷はハート《hurt》するほど大きく皆ビッグ《big》りです
虎さんが重タイガー《tiger》と言うセイ《say》か
猿さんがモンキー《monkey》言うんじゃないと

カート《cart》力を入れて台車の上に
犬さんをプット《put》置くと
急げ急げとハリー《hurry》きっています
医者に知らテル《tell》ぞ　邪魔だ　そこドクター《doctor》と
泣きながらクライ《cry》叫びをあげ
遅レイト《late》たいへんだ
早く行かんなラン《run》と走るのでした
お日さまがご苦労サン《sun》と微笑《ほほえ》んでいます

「学問のスズメ」における雀《すずめ》の立場

「点は人の上に人を造り、人の下に人を造ると言えり」で始まるこの書は、見事に人間の学界の鳥瞰《ちょうかん》図を描ききっている。本書によると、分科系と離科系に大別できるという。この二分野の学問がどのように人間社会に受け入れられているのか、全国を飛び回って意識調査し、評論風にまとめ上げられたものである。

分科系では、傾財学と奉学と性痔《せいじ》学が御三家と言われ、冷気視学と斜怪学が後に続いている。最近では、身裏学、ローン利学も好まれている。多方面にわたる女性の進出は目覚ましいが、分学においては特に顕著であり、次のように述べる。

「分学は男性にも根強い人気があるものの、多様な支流の発生と想像力の枯渇が、男性の心を混乱させている」

なるほどパロディが流行《はや》っており、創造性の欠如はあるものの、それが男性の心を混乱させているとするのは、当を得てはいるが的外れであろう。

離科系では、献蓄学・伝子抗学・減資物利学がブームとなっている。

慰学への志願者は相変わらず多いが、本来の神聖な目的はしばしば金額に換算されている。また、馬系学とも呼ばれる禍学も、社会の需要を反映して人気が高い。痴学・背胃物学が後に続いている。意外なのは、点問学と崇学の比率が低く、これらは分科系の微学・撤学と同じである。

こうした傾向を分析して、点問学と崇学の究極の到達点は微学と撤学になると断定しえたことは手柄である。人間の側面を表現して一応の水準を超えているが、惜しむらくは表題に一工夫が欠けている。

第三部　坂の向こう

坂の向こう

人生の坂には上り坂と下り坂がある
もう一つ「まさか」があると言った人がいる
上り坂の人生の途中か
下り坂の人生の最中か
いまは平坦《へいたん》な道に見えるのだろう
だがあの坂の向こうはわからない

われわれは多くの「まさか」を見てきた
暴走車に轢《ひ》かれる
火事で全財産を失う
自然災害が多数の命を奪う
転倒で大怪我《けが》をする
元気だった人が病に伏す

あの坂の向こうはわからない

苦しんで上った先には
大きな報いと喜びがあるだろう
すてきな出会いがあるだろう
何かがみんなを待っている
きっといいことがあるだろう

無　駄

生産の雨が
休むことなく降っている
毎日毎日降っている

生産の雨は
限られた人の口しか潤さない
たくさんの雨水が撥《は》ねている
人の口から洩《も》れた雨水は
下へ下へと流れていく
水路を通ってダムに向かう

ダムに蓄えられた雨水は
人の口を潤すことを諦める
代わりに　天に上ることを願い
ただジッと待っている

今日も生産の雨が降っている
天に昇るのは　ほんの僅かで
仲間がどんどん増えていく

ダムの表面にいる雨水は
太陽の光に導かれて
天に上る確率は高いが
ときどき不幸がやってくる
枯葉が表面を覆うことがある
さらに不運なのはビニール袋の下
ビニールに挟まれた雨水は
黴《かび》に汚染されて凄惨《せいさん》な姿になる

一番不幸なのは底に溜《た》まった雨水
天に昇る可能性はほとんどない
暗い圧力の下で鬱々《うつうつ》と過ごしている

やがて奇跡がやってくる

生産の雨は降りつづき
ダムの水嵩《みずかさ》は高くなる
貯水率百パーセント近くになる
やってきた　その日
ダムの堰《せき》が上げられる

生産の雨が
真っ逆さまに落ちていく

何かが足りない

目覚まし時計に起こされて
慌てて家を飛び出して
息せき切って駅まで来ると
ぐいぐい押されて列車の中
無言が押し合うストレスの群れ
会社についたら仕事の重圧
我を忘れて取り組んでいる
何かが足りない　この生活

テレビでスマホでパソコンで
情報自由に手に入れる
一人も友だちいないのに
友に見立てた世界の人に
勝手に不満を発信する
テレビかラジオを相手にし

ときどき一人で笑ってる
何かを失い迷走中

物的不満は何もない
健康面にも問題ない
精神的には物足りない
地位も名誉も財産も
そこそこあるのに物足りない
やるべきことが多すぎる
多すぎるので何もせず
今日も白紙の日が過ぎる

家がない　学校ない
水がない　トイレない
衣服が少し　食料すこし
テレビがない　ラジオない
本がない　新聞ない
あっても無駄だ　文字読めない

それでも笑顔の　人がいる
何かが足りない　それゆえに

闇に包まれて

煌《きら》めくネオンの下では
いろんな人が行き交っている
疲れて家路を急ぐ人
好奇心に目を輝かせている人
夕刻に起床して仕事に向かう女性
商談と接待に我を忘れている人

明かりの届かぬ暗がりで
ときめきを抱き合う恋人たち
別の暗がりでは
企《たくら》みを巡らす人
哀《かな》しみを吐き出している人
手の甲で涙を拭いている子ども

頭上には星が微《かす》かに輝いている

闇は無表情で安らかだ
深く大きく広がって
赤子のような小世界を撫《な》でている
凡《すべ》てのものをやさしく包み込み
無辜《むこ》のせかいに誘《いざな》う

競走

みんなが競走　現代社会
勝ちたい抜きたい目立ちたい
だけどゴールは見えてこず
どこがゴールかわからない
何時《いつ》ごろ着くのかわからない
勝った負けたもわからない

みんなが求める豪華な暮らし
速くて便利で安楽なもの
次から次に手に入れる
誰もが持ってる豪華じゃない
何が豪華かわからない
気持ちは寂しく空《くう》に舞う

みんなが願う健康長生き

予防だサプリだ運動だ
ついに超えた平均寿命
じわりと近づくサルコペニア
手足も脳も不自由に
生きてはいるが動かない

みんなが眺める遠い宇宙
五千五百万年かけて地球に届いた
太古のブラックホールの映像
現代の姿のように思わせる
不気味な時空の神魔術
小さな地球では　悲劇が多発

存在意義

神は死んだとニーチェはいう
人間が神を創ったという
では人間はだれが創ったのか

人間は自然に進化してきたという
唯物史観が絶対だという
精子と卵子が結合して
人間の姿に変わる
プログラミングされた自然は進化なのか

すべては化学反応だという
化学反応する形態は複雑で多様だ
化学反応するメカニズムは進化なのか

すべては素粒子でできているという

あらゆる思考と個性は
素粒子の組み合わせのひとつという
その素粒子は何処《どこ》から来て
何処へ向かうのか

死を畏れ
科学と哲学と宗教を考える人間は
このうえなくしあわせだ

追求し究明して
すべての謎を解明したとき
人間は神になる
そのとき人間は滅びる
人間の存在意義が失われるから

一十一＝二

高校卒業まで九州の博多で過ごす
それまで想っていたことは
東京は熱気に溢《あふ》れてわくわくするところ
行ってみてわかったことは
博多の繁華街が山手線の各駅
繁華街に大差ない

外国に行ってみたい
それまで想っていたことは
人も街も洗練されて輝いているところ
行ってみてわかったことは
どの街も薄汚れている
人間の営みに大差ない

月の石を見学したい

それまで想っていたことは
地球とは異なる特別の鉱石
ちょっと見えただけだったが
地球外元素からなる新鉱石ではない
地球の親戚で大差ない

もっとたくさん学習したい
それまで想っていたことは
この世は不思議で満ちている
学習してわかったことは
凡《すべ》ての物体・精神は元素で構成されている
大自然は一＋一＝二なのかもしれない

晩秋の三浦海岸

三浦海岸の砂浜に
独り腰を落とし
膝を抱えて
海を見つめている人がいる
よく見かける光景だ

東京方面からやってきたのだろう
ぼんやりしていても仕方がない
ちょっと遠くまで行ってみようと
都会の雑踏を離れて
こころとからだを癒やすために

目の中に広がりを入れる
上下の青と海風でこころを洗う
遠景で脳をゆったり休ませる

複雑な光の揺れにたゆたう
波音が心身に沁《し》みとおる

霞《かす》む房総半島の手前に
東京湾を出ていく貨物船
大きくて速いはずなのに
小さく見えてゆっくり進む
遠くにあるものは速度が遅い

近づけば大きく見える
近づけば近づくほど速く見える
秋《とき》の見え方とおなじだ
遠くに見えるものは青春
青春を遠くから見ている

しあわせの雨

金閣寺前の広場
男が微笑《ほほえ》んで手を振る
女が駆け寄っていく

二人はずっと喋《しゃべ》りつづける
金箔《きんぱく》の舎利殿を眺め
鏡湖池を巡った後
金閣寺から龍安寺《りょうあんじ》まで
歩くことにする

途中に堂本印象美術館
「堂本印象はえらい日本画家なのよ
お寺の襖《ふすま》絵や壁画を仰山描いてはるの
この美術館もご本人が造らはったんよ」
京育ちの女が説明する

二人はずっと喋りつづける
家族のこと過去のこと未来のこと
社会のこと音楽のこと映画のこと

龍安寺の庭園前の廊下に座る
単純素朴な枯山水の深奥
七五三の島と白砂の大海を
ぼんやり眺めた後
御《お》室《むろ》仁和《にんな》寺《じ》まで歩く

お喋りは止まらない
読んだ小説とか好きな画家とか
旅行のこと学校のこと仕事のこと

仁和寺の境内を歩いていると
雨模様の空からポツリ
二人は帰ることにする

すぐにポツリが集団に
二人は塔頭《たっちゅう》の下で雨宿り

雨脚が強くなる
ザーザーが続く
すでに夕刻
二人は押し黙っている
ザーザー…………
ザーザー…………

二人の口が閉じられて十数分
「走ろう」と男
「そうね」と女
二つの手が繋《つな》がる
何の躊躇《ためら》いもなく
ザーザー…………
ザーザー…………

＊＊　＊＊　＊＊

女は家族の待つ自宅へ
脱いだ靴をひっくり返す
「ただいまー
　しんどいわー
　濡《ぬ》れてしもうた
　たいへんやったんよ」
口とは裏腹に
表情は晴れ

風呂上がりの髪に
赤いタオルを巻いて
茶の香漂う居間に来ると
穏やかに見ている両親の前に
すとんと腰を落として一言
「私たち結婚する」

＊＊　＊＊　＊＊

男はマンションで一人暮らし
浴室から出てくるが
手の温《ぬく》もりは洗い落とせない
「しあわせの雨だね」
別れ際に言った
二度目も女は頷《うなず》いた

―結婚は人生の墓場である
格言を思い出して
男はフッと笑う
「いいんだよ　それで」
男は独りごとを言う

洗面所の鏡に映った自分の顔を
ボクシングポーズの左右の拳で
殴る動作を繰り返す

殴られた鏡の顔は笑っている
さわやかな疲労感が男を包む

第四部　それぞれ願《ねがい》

それぞれ願《ねがい》

一　念

他のことは目に入らない　朝から晩まで一つのこと
あの人だけしか頭にない　今これだけで胸いっぱい
小さな体に夢が溢れてる　この思いあの願いの只中《ただなか》
それだけを思っているが　やってること多様で複雑

怨《おん》　念《ねん》

苦労して作り上げた生活　暴力と裏切りで奪われる
彼奴《あいつ》のせいだと知ってる　財産を奪い取ったくせに
周囲から信望を得ている　憎い彼奴に厳罰が下れと
藁《わら》人形に釘《くぎ》打ちつけてる　届いているのは自分だけ

観　念

精神を集中して何か見る　固定しなければならない

次々に消費するは無計画　わかっていてもやってる
けっきょく無力と諦める　あれも駄目これも無理だ
逃げて逃げて逃げまくる　もういい疲れた両手出す

概　念

脳の中にぼんやり浮かぶ　かたちになりそうな想い
出発点は何故《なぜ》か如何《いか》にか　苦悩で始まることもある
思考のコンセプトだから　少しずつ固めていくだけ
静寂のなかに浮かぶ想い　ほんわか自分を囲い込む

記　念

後々まで残しておきたい　目を見張る快挙と大事件
偉人の生誕日は業績確認　業績示す展示物から学ぶ
大災害は再発防止のため　記憶にとどめ次の世代に
庭の桜は結婚の日に植樹　毎日目にするから忘れる

疑　念

どうもおかしいあの態度　つめたい理由は何なのか
　無視したわけではないよ　繁忙で君の存在忘れてた
財布から千円消えている　孫が盗ったにちがいない
　思い出したぞ自分で出費　昨日は食事を外で摂《と》った

懸　念

遠くに見える負の可能性　発端は人からのニュース
　人が避けたい不穏なこと　個人のことから地球規模
自分の死は事故か災害か　病気だったら胃癌《いがん》か肺炎
　地球の温度は上昇の一途　近い将来に大規模地震が

失　念

彼氏の名前が出てこない　三日前に会ったばかりだ
　新しいから覚えられない　昔の名前みんな覚えてる
俳優歌手などの固有名詞　固有の輪郭が小さくなる
　今日の予定は何だったか　いいさ無事に生きている

執　念

何時《いつ》までへばりついてる　いい加減にあきらめたら
　かんたんにあきらめない　それが刑事に必要なこと
犯人を追い求めて幾年月　今は名を成し善意の人に
　罪と功を秤《はかり》にかけてみる　功が償いをカバーしてる

信　念

自分の正義感に固執する　人に批判されても挫《くじ》けず
　頑固で柔軟性に乏しくて　いつの間にか孤立してる
それでも心の内は満足で　むしろ生活に張りが出る
　常識や慣例に惑わされず　平穏に生きつづけること

専　念

気が散って集中できない　理由はかんたん嫌だから
　好きこそ集中の基本なり　一心に思えば通じるかも
少しずつ好きになるよう　楽しんで肯定的に進める
　どうせ集中時間は終わる　余韻を忘れずに次の回に

想　念

思い浮かべる多くのこと　風船のように漂っている
　摑《つか》みそこなうと飛び去る　ときには破裂することも
そのとき何かが出現する　気を引き締めておくこと
　目を凝らしておかないと　花火のように消えていく

断　念

何をやっても優秀な人間　プロになるには高々二つ
　可能性は確かにあるはず　現実では総《すべ》ては不可能だ
どの分野もトップクラス　人間は物理的時間的制約
　ほんとに優秀なる人間は　他の分野の可能性捨てる

諦　念

無駄な努力はしないこと　認めてもらって何になる
　歴史に名を残しどうなる　そんなこと興味ないから
自己責任でいいじゃない　健康で楽しい人生に限る
　人の不幸は絶対消えない　死んでしまえばみんな空《くう》

無　念

後悔ばかりの人生だった　心を無にすることできず
　欲によくよく取りつかれ　求めはするが獲得ならず
悔しい思いばかりが残る　純粋な愛情とか正義感は
　空中分解するか因数分解　最後に残ったもの虚脱感

理　念

脳の向こうでぼやけてる　混濁のなかに漂っている
　とりあえずは太枠で囲む　この枠はすぐに崩れ去る
言語の嵐にかき回されて　小さな枠が次々飛び交う
　強風が霞《かすみ》を吹き飛ばすと　筋が通った一つの考えに

念　願

ずっと欲しいと思ってた　ついに買っちゃったんだ
　でもね当たり前になると　なくてもいいかと思うよ
あこがれてるときが花さ　最高級を想像するからね
　現実は想いとは違うもの　人にはそれが醍醐味《だいごみ》かも

哀　願

大声で泣くのやめるから　平仮名一〇〇回書くから
　言われたことやるからね　ごはんをこぼさないから
寒いよおなかがすいたよ　手先と足先がひどく痛い
　パパママ許してください　部屋に入れてちょうだい

依　願

一身上の都合により退職　自分の都合で辞めるのか
その都合って何なのかだ　本音は辞めたくないはず
一応は引き留めたけどね　言えない事情があるのよ
きっと人間関係が原因よ　むずかしいね　この問題

一　願

チームプレイに欠かせず　丸くなるのも重要な要素
　みんなが同じ目標を持つ　争わないで向かう大目標
役割分担決めて前進する　連携が万全なら丸くなる
　誰もが求める世界の平和　利害が絡むと一つは無理

祈願

家族全員が明るく元気に　平穏な生活が送れるよう
　明日は遠足だ晴れてよね　貧しい人に仕事と衣食住
犯罪者に悔恨の情を与え　怒りと暴力なくなるよう
　平和が当然まあるい地球　皆が仲良く楽しく過ごす

懇願

頼むよお願いだからさあ　千円だけ貸して頂戴《ちょうだい》ませ
　友だちに誘われてるわけ　断れない仲なんだからさ
わかってる妹に借りるの　寅《とら》さんくらいしかいない
　お兄ちゃんを信用してよ　月末には必ず返しますう

志願

はい私がやります大丈夫　辛《つら》いことすすんでやる人
　次のステージ見据えてる　成功すれば出世するけど
失敗すればキズは大きい　ひどくなると変人扱いに
　兵士は生存の確率考える　危険手当だろう給料高い

出　願

京大か東大かどちらかに　書類提出することにする
だってかっこいいじゃん　受験すれば凡人が注目だ
宇宙旅行の募集中だって　さっそく応募しなければ
そんなこと気にしないよ　金より意思表示が重要さ

誓　願

暴飲暴食はもうしません　あの体型に戻してほしい
無駄遣いせず質素な生活　宝籤《たからくじ》三等以内当たるよう
掃除洗濯手伝いますから　許してくださいあの浮気
水垢離《みずごり》とお百度参りする　合格させてね息子の入試

大　願

大きく見える自分の未来　大きければよいというが
成就する確率は低くなる　明確に思い描ける人だけ
進める狭い迷路苦難の道　進めばかたち見えてくる
鈍行と停滞は実現不能に　限界を見極める目が必要

代　願

冷たいものが欲しいはず　ハーゲンダッツにするか
　読み物にするかゲームか　とにかく退屈しないもの
読み物は疲れないように　掌編完結の詩集にするか
　何でもいいと言うだろう　早く治して退院してよね

嘆　願

神様仏様アッラー様ほか　意見多様で混乱してます
　不要な武器が多すぎます　資源の散らばり酷《ひど》いです
天候不順に苦しんでます　肥満と痩せすぎ多いです
　早く何とかしてください　悲嘆にくれる地球人一同

勅《ちょく》　願《がん》

自由な生活をしてみたい　大声でガハハと笑いたい
　気の向く儘《まま》に好きなこと　至高の栄誉と自己犠牲と
国民の象徴としての自覚　日本国民の平和と安定と
　国民みんなでこたえたい　そっと自由を差し上げる

追　願

あとは豆腐とヨーグルト　牛乳と醤油《しょうゆ》も少ないわね
　水ものは重たいからねえ　若いあなたが頼りなのよ
文句言わずに買ってくる　どうせ外出するのでしょ
　そうだ菓子類も買ってよ　あなたの好みでいいから

悲　願

何度失敗してきたことか　今度こそはと思いつづけ
　挑戦しては跳ね返された　数年前まで圏外だったが
一昨年四位で去年は三位　ついに摑《つか》んだトップの座
　この座みんなが求めてる　粘りに加えて運も必要だ

併　願

自己評価高過ぎると危険　たいてい両方逃げていく
　手に入らない場合の保険　一番だめなら二番にする
A社とB社の面接試験で　両社に内定もらうことに
　すみませんが辞退します　一部を除けば予測は不能

本　願

大きな力で動く人の運命　否々《いやいや》運命は自分で動かす
　まずは正直に生きること　後は努力次第ということ
自分への厳しさが必要に　人に任せるのも能力の内
　奥の底には生への畏敬が　来世のこと思う想像力も

満　願

彼処《あそこ》で曲がり其処《そこ》で転び　挫折《ざせつ》の殻を積み上げつつ
　初志は今でも捨ててない　未《いま》だ見えてこない到達点
まだまだ時間はあるはず　あせらず確実に前に進め
　着実に進んでいるのだが　死ぬ前に満たされるのか

願　望

名を成し財を成し長寿に　恋実らせ優雅な世界旅行
　うんこしない小犬たちに　いつまでも枯れない花々
屑塵芥《くずちりあくた》のない清潔な世界　昼は青空でちょい寒《さむ》気候
　大笑いと感動の涙と安心　気持ちよく眠りに落ちる

一望

上から目線で眺めている　殆《ほとん》ど見えてると錯覚する
　頂上からの見晴らし格別　だが細部は目に入らない
望遠鏡使えば周囲が不明　顕微鏡で細菌を穿《ほじく》り出す
　一挙に見ようなんて無理　必要なのは知識と想像力

遠望

かすかに見えるあの集団　喧嘩《けんか》なのかマスゲームか
　自分は観察者でありたい　ときどき評論家にもなる
眼鏡に色がついていると　遠くを理由に勝手に解釈
　望遠鏡よりスマホの情報　ネット上で勝手に騒ぐな

渇望

のどが渇いているわけは　汗とおしっこ出したから
　そんなにがつがつ言うな　みんなの要求に大差ない
実際は誰だって楽したい　がつがつ言うのは皆の分
　欲しがりません勝つまで　戦後の復興で皆欲しがる

希　望

実現するのはまれなこと　それでも人間は想い描く
　それはいつも良いことで　みんなが向かっている道
朝はさっぱりすっきりと　一日の始まりはうきうき
　昼はいらいら夜くたくた　でもまた明日があるから

欠　望

そんなことじゃ駄目だよ　しっかり目標持ってろよ
　実現できなくてもいいよ　向かっている意識が重要
偉そうなこと言えるのは　相応の歳《とし》を重ねたからさ
　初めて見えてくる重要性　判《わか》るのは大抵人生の終盤

人　望

柔らかく優しく穏やかに　ときに頑固で厳しく冷酷
　何たって正直がいちばん　人に付け入る隙を与えず
欲に目がくらまないよう　正当な結果を出せばよい
　まっすぐに進んでいれば　あとからついてくるもの

羨　望

頭がよくてスタイルよし　美人で金持ちで性格よし
　いるのよねえそんな女が　でもね本人は寂しいのよ
野球がうまい勉強できる　背が高くて相撲も強くて
　いるんだよなこんな男が　だが本人は孤独なんだよ

潜　望

この船どこに向かうのか　船のなかでは意見が対立
　右折か左折か真っすぐか　とにかく進んでいくだけ
船同士は競走をつづけて　互いに牽制《けんせい》しあっている
　見えていない海中に動き　水面下では事態が着々と

待　望

おめでとう子どもの誕生　産まれるものはめでたい
　待ってました日本人優勝　どうして嬉しくなるのか
本能的な所属意識だろう　エゴイズムのわれわれ版
　一般人の月旅行が実現か　でもそれはごくごく一部

展　望

此処《ここ》からの眺めは最高だ　一時的で高い位置だから
　長く続けば最高は普通に　将来のこと考えてるのか
国の行末《ゆくすえ》は大丈夫なのか　知恵あるから何とかなる
　桃源郷を思い描く人たち　地獄絵図を見てる人たち

野　望

博士か大臣か輝くスター　目的はトップに就くこと
　兎《と》に角《かく》人の上に立ちたい　目標めがけて突き進むが
実力に大差ないとなれば　権威に縋《すが》り流行《はやり》になびく
　トップ求め友を出し抜く　寝技根回しエビタイ方式

有　望

きみの将来は明るいはず　可能性無限だから急がず
　明るい将来はすこしずつ　照明度が落ちてるのだが
本人気づかずマイペース　やがて将来真っ暗になる
　ロウソクの灯をともして　やっぱり未来に夢を抱く

二種類

世の中には二種類の人間　頭がいいとかわるいとか
運動が上手とか下手とか　敵味方とか男女ではなく
善良な人とそうでない人　名著『夜と霧』から学ぶ

大勢《たいせい》に委ねて権威に阿《おもね》る　自己判断を捨てた人たち
集団力学《グループダイナミクス》では一方の流れ　信じることと疑うことの
バランス感覚を磨くには　教養と活動ということか

頭脳の抽斗《ひきだし》にも二種類が　整理されてる抽斗からは
明快で豊かな論理と知恵　雑に詰め込んだ抽斗から
取り出しても用途が不明　それがすてきと言う人も

重厚長大から軽薄短小へ　大量生産が多品種少量に
多様化する社会にあって　自分の意見に固執する人
りっぱな態度ではあるが　所詮《しょせん》はワン・オブ・ゼム

街を歩いていて見かけた　生垣沿いの可憐《かれん》な桃色花
きれいな花だと思ったが　名前が何だかわからない
近づいてよくよく見ると　小さな札にハナカイドウ

舞台幕が突然降ろされる　シャッターが一瞬で閉鎖
演じることの叶《かな》わない人　観《み》られることない展示物
運命が揺らぎ定めの消失　成行きが乱れ闘争の破砕

地球の温暖化で異常気象　大量の化石燃料使用して
地球上の空気を汚染する　利益優先と自国第一主義
少女の発言が心にひびく「よくも　あなたたちは」

ドア閉まりますの合図で　駆け寄ったが間に合わず
ああ残念と後ろを見れば　車掌がこちらを見ている
手を挙げると車掌の手も　上がると同時にドア開く

失言に人間性を問う野党　この表現を使いたくなる
ねちねちねちねちねち…　早くしろ肝心の議事進行
某国のトップ平気で発言　チビだジジイだ嘘《うそ》つきだ

チビも人間ジジイも人間　事実だからお構いなしか
優越感が発言の裏に潜む　嘘つき発言はもっと微妙
そんな発言する人どうよ　社会に甘い言葉飛び交う

夏の夕暮れ小さな一軒家　開け放たれた窓の内側に
ありふれた家庭の一コマ　机に向かって少女は勉強
食卓の前では父親が新聞　台所で汗を拭く母親の姿

選考委員長発表の場で涙　落選選手思いやる優しさ
選考委員の資格は経験者　体験が伝える厳しい練習
沁《し》みこんだ報われぬ辛さ　努力の凄《すご》さを知っている

批判をすれば批判が返る　互いに欠陥や矛盾を指摘
何も芽生えぬ不毛な論争　それぞれ正論の主張だが

正論はごろごろ存在する　この先には創作しかない

コロナ・ウイルスが席巻　環境に適応して新手《あらて》登場
情報がまたパンデミック　様々な情報菌まき散らす
かの宇宙人が送り込んだ　ナノメートルの殺人部隊

人類はほんとにかしこい　あらゆる困難に対策立て
互いに協力し合っている　警鐘打ち鳴らす人あれば
今後どんな災難が来ても　解決する能力持っている

人類はほんとに無能力だ　自然の猛威に対抗できず
予測不能な大自然の脅威　まず個人の無力を知ろう
女王に仕える蟻の自覚が　人類の最大の生き残り術

初出一覧

坂の向こう	横浜詩誌交流会ポエム・サロン（二〇一九年）
無駄	「詩と思想」二〇一七年六月号
何かが足りない	「詩と思想」二〇一九年十一月号
闇に包まれて	横浜詩人会詩画展　二〇一九年
競走	詩誌「地下水」二三四号
存在意義	詩誌「ぱれっと」十五号
一＋一＝二	詩誌「ぱれっと」十七号
晩秋の三浦海岸	横浜詩誌交流会ポエム・アンソロジー（二〇一九年）

＊その他は未発表

＊原則として、常用漢字外の漢字にはルビを振った。

著者略歴

鎮西貴信（ちんぜい・たかのぶ）

1945年　満州の新京生

横浜詩好会「地下水」同人
横浜詩人会、日本現代詩人会　会員

詩集
『地下街出入口を眺望する喫茶店にて』（1978年　書肆山田）
『青春慚愧』（1980年　沖積舎）
『国際大マラソン会』（2014年　文芸社）
『いろいろ愁』（2017年　土曜美術社出版販売）
『さまざま想』（2018年　土曜美術社出版販売）

現住所　〒238-0101
　　　　神奈川県三浦市南下浦町上宮田1528-92　北條方

詩集　それぞれ願《ねがい》

発行　二〇二〇年九月一日

著者　鎮西貴信
装幀　直井和夫
発行者　高木祐子
発行所　土曜美術社出版販売
〒162-0813　東京都新宿区東五軒町三―一〇
電話　〇三―五二二九―〇七三〇
FAX　〇三―五二二九―〇七三二
振替　〇〇一六〇―九―七五六九〇九
印刷・製本　モリモト印刷

ISBN978-4-8120-2579-6　C0092